歌集

母の愛、僕のラブ

柴田葵

母の愛、僕のラブ　もくじ

装画　宮崎夏次系

母の愛、僕のラブ

柴田葵

ぺらぺらなおでん

エスカレーターばんばか回る　恐竜のよろこぶときに鳴る背びれたち

熊は熊本に含まれるという正論　うなずく　熊が死んじゃう

そとは雨　駅の泥めく床に立つ白い靴下ウルトラきれい

靴下を繕うたびにミミズ腫れみたいな縫い目になる　糸ミミズ？

ヌードルに潜んだヌーへ湯を注ぐ　三時間後に台風がくる

ずぶぬれの自転車こうこう光らせて待ってないのに恋人がきた

体格差で負けてしまうよきみ五人わたし五人で相撲をとれば

邪魔でしょう　わたしが五人いたら　なら縦に五倍になればいいのか

コロッケのたねをつくって揚げるのが面倒になり掬って食べる

きみはマリオわたしはルイージ走らせて花を食わせて火を投げさせて

勝ちたいと思ってはだめ台風の晩にきみがいてくれてよかった

恋人はふたりで勝てばいいと言う　プリキュア我らはきっとプリキュア

プリキュアになるならわたしはキュアおでん　熱いハートのキュアおでんだよ

泣きながら眠る　恐竜は生きている　きみの腕はわたしを隠そうとする

恐竜に踏み潰されてぺらぺらなおでんは捨ててきみだけ逃げて

台風のいない明けがた目覚めればきみ一人いなくてさみしいな

剝げかけたキャッスルアップル幼児用メラミンコップでやさしいうがい

青い鳥ひしめいている半袖に飛べそうもないデニムでどうだ

細くない足をさらせば早朝のひかりがわたしを大根にする

おでん　しかも大根として生きてゆく　わたしはわたしの熱源になる

不在通知

縦長の紙がわたしを待っていてわたしの不在をお知らせします

ツューズツョップと書かれた字（これは油性）人が人を懲らしめている

傘なんて意味をなさない霧雨に全身とりわけ眼鏡が濡れる

遠雷はだれかを探すような声おまえだろうかわたしだろうか

捨てられたバケツなみなみ雨を飲みわたしはそれを見て満たされる

土砂降りの高層ビルの応接にうつくしい水だけの水槽

だいたいの魚は水に生きていて水がなければ宇宙とおなじ

紫陽花はふんわり国家その下にオロナミンC遺棄されていて

カロリーメイトメイトが欲しい雨あがり駅のホームでほろほろ食めば

水を買うその違和感で日々を買うわたしのすきなおにぎりはツナ

明け方のひだりの耳に流れこむどこかの板を水が打つ音

熱帯に羽ばたく鳥のくちばしを捥いで合わせたような鋏よ

この靴はわたしじゃない誰かの物かもしれないな、少しきつい

地球だって宇宙なんだよこんにちはスターバックスにぎやかに夏

冬と進化

きみは私の新年だから会うたびに心のなかでほら、餅が降る

うんと眉間を凍らせてゆくビル街のどこからくるんだインドのかおり

人身と雨が重なる電車かな私よりつらいひとばかりだよ

かわいいなあ　くまはかわいい　人よりもずっと軽くてポリエステルで

くまの首つややかなリボンときめいてこれがほんとに百均ですか

開いたらチーズのにおいチーズだといいけれどチーズじゃなかったら

まひるまにほろほろほろと雪　生きている意味などすっ飛ばして生きたい

ほろぼされたまぼろしのきみ　ひとすじの髪をアヤメの葉のように染め

手をつないで　正しくは手袋と手袋をつないで　ツナ缶を買って海へ

冷えきったガードレールの歪みからたちのぼる過去を肺まで入れて

側溝の壊れたところに咲いているほぼ骨の傘やたらまぶしい

美容院あるいはバーバー閉じられてすべての季節の造花が窓に

死んでしまった丸太のようだね指さきのひび割れ　まだ人間だね

海は必ず海だからいい目を閉じて耳を閉じても海だとわかる

ふるさとはここより寒いときみは言う　私にはその雪が見えない

潮風に枯れる草木よきみよりも大事な苗字があるなんて嘘

いいんだよ　私もひどいよ　きみからのひかりの指輪は質屋に流す

羽も根もなく足しか持たない人間の離れつづける毎日なのか

電話ボックスで雨宿りして十円をハムスターの温度に握った

まぼろしをまたほろぼして　進化して　鳥にも草にも戻れずわれら

浅瀬には貝殻すらない冬の海このまま待てば夏になる海

より良い世界

ここからは僕がルールだその次にきみがルールだ白墨をひけ

「動く歩道は歩いたらだめ。考えて、コンベアーから落ちるってこと」

限りなくピクトグラムに似るひとと歩けばあああたらしい朝

「シューベルトを聴いたレタスだなんて言わなきゃいいのに耳の味する」

目を閉じてボールを握る想像をしてみてそれが父さんの愛

「ケンタッキー詰めて河原に行きましょう、ピース二ピース五ピースパック」

澄んだ水、石を投げれば飛ぶ羽虫、それからおろおろ逃げていく虫

「もう大人だからさすがに葡萄パンの葡萄だけ埋めたりしないす」

夏係、みんみん蟬をつかまえて来年分の録音をせよ

「日焼けなんかふざけてる海だってだいきらい。干したミイラはあんたよ」

ゆるキャラのなかで手を振るあと二時間臓器でいればお金が入る

「半年も暮らせばそりゃあ愛情も湧くから、たぶん、たぶんオーケー」

いなくなる姉さんのための御祝儀でそうだマリオカート買いたい

「でもだってちゅーくらいするでしょ雨の音だけ残るダムだったのよ」

ぼろぼろと光を零してはつ夏のきゅうりを交互に齧りあう朝

「でも好きだほんとうに好き甘露飴十個舐めたらべろやぶけそう」

これまでの歌はすべてが僕の夢、夢だから責任はとらない

「弟よ、全責任のはんぶんを持ってわたしは嫁いでいくね」

がんばれよ姉さん僕も熱心に生きてきみより歳上になる

「うん」

三万円くださいきっと心とか鍛えてより良い世界にします

さよなら

ホイップクリーム絞りきってもうだめになったビニールこと私だよ

エレベーターホールの脇のほそながい窓からせまい公園を見る

仕事仕事四日おやすみぐっすりとねむってビルより大きくなあれ

朝からもうがんがん暑いイチゴジャム甘すぎる赤すぎるきれいだ

なら来ればって言われて行くよ　殴るための鈍器も私の愛も重いわ

脇の下わきわきさせて吊革をつかむ　車窓からおどろきの青空

マーガリンも含めてバターと言うじゃんか、　みたいに私を恋人と言う

階段しかないから安いアパートの角っぽい角じゃないこの部屋

じゃあ言わせてもらうけれど　言わないけれど　押しボタン式だよ

ここは海　とても砂　泡　裸足だとときどきなにかが刺さって痛い

海を見ても魚はおらずただぬるい水があり海のにおいだけする

海辺から帰宅してなんでジョーズを観るのなんてたのしい夏休みなの

エンドレスサマー　いるかといいかが泳ぐペンありがとうずっと大切にする

逃げるための舟

眠りこけるきみのくちびるひびわれてこれが舟ならまもなく沈む

そういえばビニールボートが好きだった父さんの息で満たされていた

シルバニアファミリーここは僕らのお墓それから生家かたづけようか

霞草　おまえは主役になれないが生きているから大丈夫です

泡立った波がずるずるひいてゆく僕のまわりの砂を奪って

過去のもの架空のものが現れてにこにこ笑って手出しはしない

干葡萄舐めて朝焼けまぶしいね黒目がまるで海だったよね

ここに無い腕を思った百日紅するり空気へ伸びてそれから

惣菜パン惣菜パンひとつとばして窓、 そこらじゅう夕日が殴る

両肺に湯気がくるしい浴槽で足しつづければ溢れると知る

ざんざん雨に流れる落ち葉ちいさな僕がしがみついて笑う

金木犀　僕はおまえになりたいがなりたい心のまま歳をとる

呼吸してたまに無呼吸みてごらん百合が記憶の川をゆくから

きみが逃げるための舟なら僕にまかせてもらいたい藍色にする

七月のひとり

あかるくて起きる　ひとりで暮らしても延々寝かせてくれない夏め

鳩ぽっぽ地面の光をついばんで朝をよろこぶ正しさが嫌

ふっざけんなと叫び声して子どもらはビニールプールバッグぶんぶん

大雨ののちの日照りの身勝手にほら見ろよ花はふちから朽ちる

素麺に本気を出したい昼もあるガラスの器は去年の重み

桃色の片想い　揖保乃糸　いろつきの麺をよろこぶ大人になりたい

父と母と弟と皆で旅をした最後はいつか　われらは木立

あしたには出社する旨メールしてその手で傷んだ檸檬を捨てる

掛けなおす電話の先に母がいて母の受話器にあるだろうコード

生きている元気な母よもう一度いっしょに夏のドリルを解いて

手繰り寄せるように電車に乗ればいい　永遠じゃないわが家へ帰る

忍たまが好きだった柏木くん

柏木くんって居たじゃんあの子姉ちゃんを好きだったよと春分の日に

ジャガイモの芽ほどの毒のおもいでをごろごろ蔵するからだが重い

万国旗を口から引っぱりだすようにだらしなく温かな記憶を

婆ちゃんが「持っていきな」と袋ごとくれた黒飴どろどろの春

殴られて私だけ泣かないでいた放課後　夕陽に燃やされる犬

模造紙に自分の姿を写しとり毛を描けという性教育の

教師より背が高くとも少年は少年だから短パンを履く

安全のしおりにあらゆる災難の絵がありみんな長袖でした

褪せた桃いろの毛布とはじめからそんな感じの空いろの毛布

仲良しがたしか三人四人いて五人かも　つまり遠い花々

降りそうな空だ飛べそうな窓だもう泣きそうな目で果てばかり見て

ひんやりと四角い蒟蒻ひきちぎる私のすべては繋がったまま

亀よ　まだ生きているのか校庭の池はあるのか桜は降るか

強いとんび

由比ヶ浜の強いとんびに攫われるマクドナルドのポテトはらはら

砂浜に落ちたポテトはもうだめだ制服がとても潮のにおいだ

おい、ごみを捨てんじゃねえよとサーファーが言い捨ててゆく　わたしらのこと

落ちているものはごみだよごみ袋　きみにはきれいな恋人がいて

髪の毛がごわごわじゃんか人間の髪をごわごわさせる海風

さようなら　みんなの海は泣くための海なんでしょう　靴下を履く

好きだからするの見ていて生脚にスティック糊を塗る行為とか

校庭の砂を散らして去ってゆく風になりたい月曜だった

教室でオードトワレをぶちまけた男子が連れていかれて香だけ

生煮えの白玉かよ浮きもせず溶けこみもせず笑うアルバム

これはチャンスまたは事故　春先の崩れた土をふたりで歩く

「あかるいね、性格」「まあね（本当は自分をちぎって燃しているだけ）」

バス停じゃないほうへ遠いほうへ行こう草を踏めば水の澄む音

盗まれやすい自転車みたいな人だから探すことには慣れているから

水性マジック彗星マジック忘れたくなくても忘れるばかになろうね

からす、からす、歓楽街を飛び去ってわたしも海をめざしてみたい

日が昇りシャッター街は輝いてもうわたしたち友だちじゃない

生活をする

いずれにも私の席は無いのだと四角から成るビル群を見る

旧姓の印鑑は保管するべきか　土に埋めたらなにか生えそう

デスメタルバンド心にひとつありライブを続けて解散しない

魚屋の種別に並ぶ魚類魚類全員ひだりを向いている死だ

昨日まで光源だった鰺たちを捌くおまえは海の咎人

大空のような男に「ついてきて欲しい」と言われ　私が女

正円の小皿を濯ぐ細い水　流れるように明日ここを発つ

さようなら母さん、いつか戻るまで少しでも歳を取らずに生きて

前髪を揃えてもらうとき母はうすくひらいた唇だった

夜夜中　防音ガラスの内がわの搭乗ロビーに予感が曇る

つぎ母の手を握るときあたらしい命を宿しているわが身かも

腰掛けた姿勢で九時間飛んでいく私の下にひろびろと青

グッモーニンカリフォルニア！　寝室の窓を壊して射し込む光

アメリカの広くて広いアパートの洗濯機動かないじゃんかもう

言葉さえ分からなければ誰からも嫌われないよ（鳩が汚い）

Died for freedom とキング牧師を歌う子の高らかな声つめたい砂場

破かれるための包装紙きらきらひとまき三ドルふたまき五ドル

雨宿りしている鳩の集まりに入れなかったあなたさえ鳩

悲しみを知らない獣になりたいな象はだめ御葬式をするから

電線をリスが齧って焼け死んで停電　のちに電気は戻る

不意に你好と言われて曖昧に会釈する私なりの肌色のはだ

誰それの住居は移り誰それの苗字は変わり戸に揺れる蜘蛛

あの友は私の心に生きていて実際小田原でも生きている

プリーツスカート尖らせながらきみは星わたしも星になるはずだった

きっぱりと異国の空に塞がれて地べたを見ればいきものの影

パンはパンでも食べられないパンなんかない大人ふたりで朝餉を分ける

まのびしたように空気があたたかい誰かが植えた桜は透けて

選ぶとか選べないとかぽぽぽぽん常に何かを踏んで走るの

麦笛のその空洞のおおらかさ　これから先も生活をする

なんの樹か知らないけれど黄金の葉がほろほろとみんなの肩へ

幾人も私の内に住まわせて　いいの、全部を連れていくから

カレンダーを繰る

八月のマツモトキヨシは冷えていて簡易検査の箱はなおさら

電車待つ他人の海でわたしだけわたしの他人ではないわたし

はらはらとほどけていった花びらを踏んだデスクで勤務している

ヒト絨毛性ゴナドトロピン含まれる尿らしいこと判るあかとき

外はもうただいちめんの蟬のこえ蟬が壊れるように鳴くこえ

それはうつくしいのですか格子柄のカレンダーを繰るときの風

初診②の紙を見つめてそのむこう花壇の昼にかまきりがいる

全長が五ミリしかない生命のもうなんてあかるい脈拍

八ヶ月後の分娩を予約する　枠が埋まると産めないらしい

おめでとうございますってそういえば会計までに二回言われた

日曜も半分終わり花柄の寝間着のままでぼうぜんと吐く

男ならユウヤと呼ばれていたらしいわたしはどんなに生きただろうか

ヴィシソワーズなる冷製スープだけ飲んでつわりも夏も終わった

モニターに「指が五本」と産科医が言えばたしかに白い骨たち

窓際のマトリョーシカはかろやかに女が女に女へはいる

もうあなただけの体じゃないのよとわたしに微笑む全然知らないお婆さん

産休を頂きますと告げた日の会議室にはてんてんと染み

「母親の名前」の欄の片隅に（予定）だなんて書いたのは誰

深海にひかりは過ぎて深海にひかりが消えること、知っている

しんだら嫌、しあわせにならなきゃ嫌、ずっと器のままでいようか

生きていると朝がくるからすこしずつ金魚の鉢にひかりは溜まる

イヤホンの右側だけを臍にあて音をわけあうとても寒い日

指先が冷えてしかたのない夜は指人形をすべての指に

産まれたらなんと呼ぼうか春の日にきみはきっぱり別人になれ

温かな羊のなかで誰も彼も眠った　たぶん春はまぶしい

結婚記念日と歯痛

とれたての銀歯を握ってここは朝、夏の手前の朝、きみを呼ぶ

鎮痛剤まるくやさしいたましいを落としてしまう四番線へ

クールビズ・イェイ・ソークールなんなら噴水浴びたいっすねと新人

犬がゆくどこまでもゆくあの脚の筋いっぱいの地を蹴るちから

公園の蛸すべりだいはすり減って蛸を脱したすべらかなもの

昼ごはんベンチで食べたら鳩がきてまた鳩がきていちめんの鳩

夕やけに傾いてゆく受付の白紫陽花ふと乳歯めいて

湯気のなか開花する貝それはもう正しく降参して勝ち抜くの

祈るような歩幅で朝の陸橋を行くお婆さん　いつも行くだけ

角一つ曲がり忘れてここはどこタワシのような花繁る家

三脚が無いね無いねと言いながら本を重ねてみんなで写る

結婚をした日の雨は地を廻りわれら果てなく限りある旅

あしか見に行こうね、あしかは今日だって生活しているけれど、週末

ウィンターワンダーランド

みなしごのアルマジロを連れ帰るごとかぼちゃ抱えてゆっくりと冬

太ももを頑張らせている少女らによろこびのようなはつ雪が降る

ブランコの影はどんどんとんがって遊んで遊んでよって日没

メロンパンのメロン部分を永遠に手放しながらふたりで暮らす

指人形はめたまんまで雪玉をほうる雪玉と指をほうる

ババ抜きのババだけ光って見える目を持ってしまった子のさみしさだ

まっ白な襟を開いて鳥を産む　鳥はしずかにまるまって寝る

夢にくる鳥は夢から消えてゆく私の夢のそとまで飛べる

それなりにあかるい曇天スーパーの袋から出た葱と目があう

なぜかある牛乳二本のうち古いほうをシチューにする　しあわせだ

午後五時の蝦蛄葉さぼてん窓際にならべて点呼をとりたい気持ち

乗ったことないけれどソリに乗るように磨いた湯船のひかり方　見て

洗面所にあるものすべて捨てされば産まれたばかりの宇宙の広さ

産むことと死ぬこと生きることぜんぶ眩しい回転寿司かもしれず

飽きるほど誕生日してめくるめくまっ白な髪を抱きしめあおう

母の愛、僕のラブ

母とふたり暮らしだった。
僕は先生を漂白する役でドアノブを回すとへんな音

【神様はいないのこれは学問よしあわせになる勉強会よ】

てづくりをする信念のママの子に産まれて着色されない僕ら

僕らはママの健全なスヌーピーできるだけ死なないから撫でて

あがりすぎて戻れない凧　凧からの糸を握った僕の手はハム

ハムとラブで韻が踏めるね好きな子とマクドナルドで雨宿りんぐ

外食はおいしい　だって産業になるほどおいしい　外食が好き

好きな子が僕のことさえ好きだって壊れた自販機みたいな声で

春を売り夏すら売って　立ち去って　銀のすすきが囁いている

【添うように歩みたくても細い道　わが子かわたしが前へゆかねば】

母さんのおもいで話を聞いている醤油こんなに干からびさせて

【戦争にいかせたくない　わたし自身が戦争になってもこの子だけは】

指輪には大きすぎるなこの輪っか鼻輪かな鼻輪には重すぎる

【山芋をほのほの痒がる子の口を拭うわたしはいつでも味方】

自分ちにいるのに家へ帰りたい刈っても刈っても蔦の這う家

塊が安かった日の魂はいくらだろうか　たのしい夕餉

あかあかと花咲く方へ鳩がいてちいさな脳を揺らして歩く

先輩は碁を打ちながらメントスを頬ばっていてとても神様

僕はもう他に女ができたから男もできたから母さんの余地はないから

母の家を出た僕は恋人からボクっ娘をやめろと言われた。

甘いものが大好きでしょう女の子　さあどうでしょう私は烏賊なので

からまった髪をほぐして人を待つ金木犀にまぶされて待つ

爪の根の白い半円見せあって私もあなたも欠けているじゃろ

電子レンジのなかのもの膨らんでまるで夢　あなたの好きな味を教えて

キューカンバ、きゅうりって意味、共通点は「きゅ」というところ

包まれた焼き鳥たちを胸もとに抱えて愛は醤油のにおい

塩水のなかの浅蜊のそれぞれに名前を授けるように眺める

ガス満ちるホイップクリーム缶めいて凶器にも夢にもなるあなた

殴られている音がする洗濯機　犠牲になるのは私でいいよ

淀むほど煮干しの入ったラーメンをひどい顔色でしあわせに食べる

先々週死んでしまった電球と同じだけれど生きているもの

バーミヤンの桃ぱっかんと割れる夜あなたを殴れば店員がくる

高架下を歩いていたら高架上を電車が走る　しぶとく生きる

帰ると言って帰ってこない恋人の本当の家に住みたかったな

外国人投手はきっと外国人　私のまわりに境目が咲く

母から、母の結婚式の招待状が来た。

ひきちぎられたティッシュのような雲たちが遠のくまひるの空　無職だよ

欠席をします　に丸をつけるとき始めと終わりがうつくしく合う

ハムを切る　この薄桃の正円はただしい食品でしょうか　でしょう

バイトバイト私はバイトの人になる駅前の鳩がねんねん増える

友達がいないことを母に隠している夢だった。

学校に行けない夢から目覚めればもう三十歳だったうれしい

子がいない子乗せ自転車かるがると大人ひとりをかるがる運ぶ

アーケード維持費について愚痴られて　微笑んですこし良い海苔を買う

有事かと思うわ子どもがなん人も這いつくばって拾うＢＢ弾

ガジュマルに赤いリボンを結いつけるとても無意味なことだと思う

いつぶりか消しゴムに触れ消しゴムの静けさが胸へひろがる火曜

汚れから私を護るエプロンをラブと名付けてラブが汚れる

雨後の筍のように私が生える　狩ってそれから食えるように炊いて

上は工場　下はゴミ箱　永遠にあなたの子どもでいるのはだあれ

空想の子どもの成人式に泣く　どこ　みんな　はやく帰っておいで

暮らしたい　私はわたしと暮らしたい　けろっぴのコップにプリンを入れて
なん万の原始卵胞だきしめてただただ広い公園へゆく

あとがき

これから書く私のことは、忘れてしまってほしいと思います。なぜなら、笹井宏之賞を受賞したのは私自身ではなく、私の短歌だからです。

この本のタイトルにもなっている連作「母の愛、僕のラブ」は、二〇一九年三月、第一回笹井宏之賞を受賞しました。その副賞として、この本は幸運にも出版されました。笹井宏之さんは、私と同じ生年ですが、二十六歳で早逝された歌人です。未読の方は、ぜひ、あのすばらしい作品の数々を読んでください。その笹井さんの没後十年を機に設立されたのが、笹井宏之賞です。

私は、私の大切な家族とともに、大切な人を守りながら生活しています。大切な人がいる以上、幸せであり続けることを諦めるわけにはいきません。同時に、迷いながら笑いながら時に諦めながら、しぶとく、短歌や文章をあなたに届く形にしていきたいと願っています。私の作品には大義はなく、あるのは一方的な感情です。けれど、もし、この本のなかに気になった短歌があったら、なんとなく拾った小石のように、ちょっと持っていていただけないでしょうか。短歌の音数は比較的コンパクトなので、もしよければちょっと持っていてください。申し訳ありません。ありがとうございます。

たぶん、あなたの手にあるその短歌は、あなたです。
私のなかから生まれた短歌ですが、その短歌は私ではありません。あなたにしてください。
私のことは忘れて、あなたにしてください。

本書を出版するにあたりご尽力くださった、書肆侃侃房の皆さまには感謝の言葉が尽きません。また、第一回笹井宏之賞の選考委員であり栞文を寄せてくださった大森静佳さん、染野太朗さん、永井祐さん、野口あや子さん、文月悠光さん、最高の装画を描いてくださった宮崎夏次系さん、励ましてくださったすべての皆さまに御礼申し上げます。
最後までお読みいただき、ありがとうございました。またお会いできますように。

二〇一九年十二月

柴田葵

■著者略歴

柴田葵（しばた・あおい）

1982年神奈川県生まれ、東京都在住。慶應義塾大学文学部卒。
元銀行員、現在はライター。
第6回現代短歌社賞候補。
第2回石井僚一短歌賞次席「ぺらぺらなおでん」。
第1回笹井宏之賞大賞「母の愛、僕のラブ」。

歌集　母の愛、僕のラブ

二〇一九年十二月十二日　第一刷発行
二〇二四年六月四日　第三刷発行

著　者　柴田葵
発行者　池田雪
発行所　株式会社 書肆侃侃房（しょしかんかんぼう）
〒八一〇-〇〇四一
福岡市中央区大名二-八-十八-五〇一
TEL　〇九二-七三五-二八〇二
FAX　〇九二-七三五-二七九二
http://www.kankanbou.com　info@kankanbou.com

装　幀　成原亜美
編　集　藤枝大
DTP　黒木留実
印刷・製本　シナノ書籍印刷株式会社

ISBN978-4-86385-387-4 C0092